겨울의 기쁨

백숙현

시인의 말

시가 나를 데려온 곳에 서 있다

내가 찾고 있던 당신이
나를 찾아냈다

2023년 12월
백숙현

겨울의 기쁨

차례

2부 겨울나무 읽기

3부 날아가는 돌멩이

4부 불씨를 품은 눈사람

해설

1부
두고 온 사람

귤이 웃는다

인도 여행에서 돌아온 친구가 담배를 돌렸다
담배에서 녹차 맛이 났다

가볍고 부드러운 음악이 흘렀다 연기처럼 가벼워지
고 싶었다

외투를 벗었다
양말을 벗었다
묶었던 머리를 풀어 헤치고 스카프를 휘날리며 춤을
추었다

친구들이 킥킥대며 웃어댔다
그들을 향해 탁자에 있던 귤을 던지기 시작했다

누군가의 머리에 명중하자 웃음소리가 더 높아졌다

벽이 눈물을 흘렸다
깨진 귤들이 바닥에 뒹굴었다

창문은 창문
탁자는 탁자
술잔은 술잔
귤은 귤

그러므로 나는 나

브래지어를 벗어 던졌다
도마와 밥솥을 집어 던졌다

저울과
모래시계와
금이 간 거울

때 묻은 경전과
백 년 동안의 고독*을 던졌다

담배 한 개비 다 타들어 가도록
나는 던져 버릴 게 너무 많았다

* 가브리엘 가르시아 마르케스의 소설.

특급열차

기차를 타고 가고 있다 가방은 단출하다 어디서 내려야 하지? 시간이 꽤 걸릴 것 같은데, 뭐 할까? 이어폰과 아이패드를 꺼내 놓는다

창밖에 함박눈이 내린다 환하고 포근해진다 처음 타본 특급열차는 깨끗하고 편안하다 좌석마다 테이블이 있고, 가림막 커튼으로 공간을 보호할 수 있게 되어 있다

말끔한 제복에 각 있는 모자를 쓴 사람이 카트를 밀고 온다 열두 가지 과일주스와 다양한 차와 커피, 땅콩이 든 과자도 있다
혹시 샌드위치 같은 건 없나요?

주방에 전달해 보겠습니다 곧 점심시간이니까요 오늘의 메뉴는 토마토볶음밥, 연근샐러드, 상어지느러미튀김입니다 혹시 국물이 필요하신가요? 그는 사무적인 말투와 친절한 태도를 갖고 있다

우리 열차 5호차에는 작은 도서관과 갤러리, 6호차에는 카페와 식당이 있습니다 7호차에는 콘서트홀과 영화관, 8호차에는 댄스 클럽과 헬스장이 있습니다 마음에 드는 시설을 이용하시면서 즐거운 여행 하시길 바랍니다

이 기차는 장기 여행자를 위해 최상의 서비스를 갖춘 특급 열차입니다 정류장은 따로 없습니다 가시다가 이제 그만 내리고 싶을 때, 목적지에 다 왔다고 생각하실 때, 의자 아래 검은 버튼을 누르시면 언제 어디서든 내리실 수 있습니다

내리신 후에는 다시 기차를 타실 수 없으니 기차를 타고 가는 동안 마음껏 즐기십시오

향이 진한 돌체커피를 마신다 두고 온 사람이 생각난다 눈발이 굵어진다 창밖은 온통 하얀 세상, 달리던 기차가 선다

누군가 기차에서 내린다

창밖에 눈사람들이 걸어가고 있다

흰 벌판 속으로 사라진다

우아한 오후

무엇을 기대한 걸까 늙은 리차드 기어를 보러 갔다 그
럴듯했던 로맨틱 가이는 늙고 고독한 의자가 되어 있다
빛나던 눈빛은 꺼지고 턱은 쪼그라들었다 영화관을 나
와 냉면집에 들어갔다 인공 조미료 풍부한 냉면을 실망
스럽게 몇 젓가락 건지는데 철수세미 조각이 나왔다 새
음식을 내오겠다는 걸 조용히 사양했다 입가심하러 가
까운 편의점에 들어가는데 급히 나오던 누군가의 육중
한 무게가 왼발을 짓눌렀다 튀어나올 뻔한 욕을 눈초리
에 담아 면상에 쏘아붙였다 그만 집에 가야겠어 가서 좀
누워야겠어 동네 길목의 셀프 세차장을 지나갔다 방향
을 놓친 고무호스가 물벼락을 쏟았다 머리가 젖고 셔츠
가 몸에 들러붙었다 머리를 조아리는 동남아 젊은 남자
의 눈빛이 깊고 우울했다 집에 돌아와 현관 번호 키를 누
르는데 이상한 소리를 내며 자꾸 오류가 났다 간신히 집
에 들어와 거실 바닥에 짐짝 같은 몸을 내려놓았다 시시
한 인생을 살고 싶다면 시시한 영화를 보면 된다는 어느
영화감독의 말이 떠올랐다

아이스크림 탑

물방울무늬 원피스가 창가에 앉아 있다 가슴과 긴 머리카락으로 커다란 탑을 감싸고 핑크빛 스푼을 삽처럼 놀리며 전격적으로 퍼 먹는다 바닥을 보려는 듯 몰입한다
입안 가득 태양을 물고서

   스트로베리
     체리쥬빌레
      피스타치오
       알폰소망고가

부드럽게 혀에 감긴다 목구멍에 남아 있던 어젯밤의 흐느낌이 알폰소망고에 묻어 흘러내린다 어두운 내부가 축축해진다

아이스크림을 사 오던 다정한 손이
문을 닫고 입을 닫았지

문 앞에서 물 묻은 손이 자꾸 미끄러졌어
작아지던 그림자는 벽 속으로 들어가 버렸어

물방울무늬 원피스는 물방울이 되고 있다

탑이 사라지자
바닥이 보인다

달콤한 색색의 아이스크림은 사라졌다

배스킨라빈스 지붕 위에 색색의 아이스크림이 탑처럼 쌓여 있다
햇빛이 녹아내린다

전염병

이른 아침 마스크를 사려고
닫힌 문을 쾅쾅 두드리는 사람이 있다
약국 문은 아직 열리지 않았다

어떤 사람은 아침부터 밤까지 택배 박스를 나른다
어떤 사람은 택배가 오기만 기다린다

어떤 사람은 남의 자동차 바퀴를 뜯어 간다
어떤 사람은 시푸른 청경채 밭을 트랙터로 갈아엎
는다

어떤 사람은 수영장이 있는 집에서 헤엄을 친다
어떤 사람은 꽃 피는 정원에서 그네를 탄다
어떤 노부부는 나란히 눈을 감는다

어제는 57명이 죽었다
날마다 숫자를 확인한다

날마다 똑같은 지침이 날아온다
이 재난 속에 묵묵히 살아 있다

안경을 쓰고 고양이 발톱을 깎았다
고양이를 안고 있다 잠이 들었다
꿈에 고양이를 어깨에 올리고 낯선 곳을 마음껏 돌아
다녔다

아주머니 두 분이 와서 초인종을 누른다
여러 번 온 사람들이다
기척도 안 냈는데
바닥 틈새를 비집고 얇은 책자가 들어온다

'믿음으로 역병의 시대를 살아가는 법'

끈질긴 이들이 문밖을 다녀간다
파수꾼의 얼굴을 하고

내가 좋아하는 작가가 멕시코시티에서 죽었다

부음이 날아왔다

읽고 있는 소설의 페이지를 넘긴다

당신의 머리카락을 내게 주세요
난 먼 길을 떠날 거예요
침상에 누워 있는 노인이 말한다

하늘은 붉어 오고
사이프러스나무는 적막에 휘감긴다

읽던 책이 떨어진다
떨어진 책이 내 발등을 찍는다

책 속에서 어두운 강물이 사이렌처럼 흘러나온다

멕시코시티
아득한

한 달이 가고
전 생애가 가고

커피를 마시다 쏟는다
노트가 젖는다
젖은 노트가 아주 천천히 우그러든다

빨간 일요일

덩굴장미 울타리 아래 빨간 미니 쿠퍼가 반짝인다

덩굴장미는 울타리를 휘감고
꽃송이마다 꿀벌이 요동친다

치킨집 야외 테이블에 핫팬츠 아가씨들, 다리를 꼬고
앉아 생맥주에 치킨을 먹는다 빨간 테이블 주위를 검은
고양이가 어슬렁거린다

검은 고양이가 공처럼 튀어
미니 쿠퍼 보닛 위로 올라간다

누가 나보다 더 나를 사랑할 수 있나요?

활처럼 몸을 구부려
겨드랑이와 배 사타구니를 핥는다

장미 꽃잎이

하나,

둘,

떨어져 바닥에 누울 때

구름이 흔들린다

오늘은 조금만 움직여도 어지럽구나

사라진 검은 고양이

비어 있는 빨간 테이블

아가씨들도 미니 쿠퍼도 보이지 않는다

서쪽 하늘 붉은 두루마리 속에

      덩굴장미

    미니 쿠퍼

빨간 테이블

빨간 것들은 언제 저 하늘 위로 올라간 걸까

오늘은 빨간 일요일
붉은 포도주를 마신 너와 나는 구름 위로 올라가려고
허공에 사다리를 걸고

일본 매미

모자에 붙어
장식처럼
너는 왔다

어떤 의도도 없이

테이블에 앉아 커피를 마실 때

검고
낯선
우연처럼

순간 우린 동요했다

창밖은 더 어두워지고

우리는 조금 낯선 얼굴로
서로 다른 곳을 바라보며 커피를 마셨다

봄날의 공원

꽃무늬 원피스가 걸어간다
우윳빛 종아리, 하얀 운동화가 빛난다

다리 짧은 개가 검은 윤기를 뒤룩거리며 회색 베레모
를 끌고 간다
테이크아웃 커피를 든 나이키 백팩이 두리번두리번
간다
노랑 풍선을 띄운 세발자전거가 간다
분홍 유모차가 간다

교실을 뛰쳐나온 삼선 슬리퍼들이 간다
존나 씨발, 솜사탕 너만 처먹냐?

진달래꽃 입술에서 튀어나온 욕이 공처럼 풀밭을 굴
러간다
잔디밭에 누워 구름을 바라보는 소녀들이 된다
구름은 좋겠다 어디든 갈 수 있고

비행기가 창공을 길게 그으며 간다

바 람 이 불 고
꽃잎이
　흩

　　　　날
　　　린
다

배드민턴 치는 사람, 농구하는 사람
벤치에 멍하니 앉아 있는 사람
솜사탕을 켜는 노인

공원에 봄이 돌아오고 새가 지저귄다
풀과 나무와 꽃은 오래 참았던 향기를 내뿜는다

어서 와
기다렸어

내 곁에 앉을래?

사람들은, 나무와 새들은
외로운 가슴에서 손을 꺼낸다

아침에는 고양이 세수를 해요

이를 닦고
눈을 씻으면
아침 세수 끝

하루에 두 번이나 세수를 하고 스킨 로션 크림을 바르
는 건
너무 귀찮은 일이에요

나는 고양이를 사랑하니까
고양이가 되고 싶기도 하니까
외출도 안 하는 아침엔 고양이 세수 할래요

고양이 자세 스트레칭을 하고
접시에 우유를 담아 마셔요

낮에는 고양이와 공놀이를 하고
고양이 몸을 빗질해요

빗만 잡으면 달려오는 고양이
손톱깎이를 들면 도망가는 고양이

우리는 즐거운 밀당을 하고

내 무릎에서 잠든 고양이를 안고
나도 스르르 잠들면
세상이 포근해져요

저녁이 되면 초록초록
빛나는 눈

네 눈은 별 같구나 너도 언젠가 별이 되겠지?

간식 줄까?
기분 좋아?
쥐잡기 놀이 할까?
콩나물 사러 슈퍼 갔다 올게, 금방 올게

날마다
다정한 말이 나오는
다정한 사람이 되고

고양이 선생님

yyyyyyyyyyyyyyyyyyyyyyyyyyyyyyyyyyyyyyyyyyyyyyyyyyyyyyyy
yyyyyyyyyyyyyyyyyyyyyyyyyyyyyyyyyyyyyyyyyyyyyyyyyyyyyyyy
yyyyyyyyyyyyy

어제는 시오가 키보드를 눌러 y를 썼다

33333333333333333333333333333333333333333333
33333333333333333333333333333333333333333333
33333333333333333333333333333333333333333333
33333333333333333333333333333333333333

오늘은 3을 썼다
재미 들렸니?

신문을 펼치면 신문 위에
책을 펴면 책 위에 올라온다
글자 냄새를 맡는다

내 손이 자판 앞에서 막막할 때면

보드라운 발이 자판을 스친다
컴퓨터 화면에 긴 무늬가 이어진다

어제의 암호는 y
no부터 생각하지 마
yes를 생각해

오늘의 암호는 3
그래, 세 번 참을게
세 번은 웃을게
밥도 세 끼 꼭 챙겨 먹을게
나의 고양이 선생님

나의 하루하루는
고양이 엄마였다가
고양이 학생이었다가

자판을 더듬는 간절한 손이었다가

지붕에 오르기

잠자듯 편안하게 가셨어
믿을 수 없이
그녀는 얼마 전 어머니를 잃었다

단둘이 살아온 세월은 길었다
서로 눈물을 보이지 않았다

시장에서 팔이 굵었다 건물도 올렸다
그녀의 눈이 아직도 초롱초롱 빛나는 것이 나는 놀
랍다

그녀가 입고 있는 티셔츠에 귀가 커다란 강아지 한 마
리가 그려져 있다 귀를 움직거리며 젖은 눈으로 나를 보
고 있다 자꾸만 거기로 눈이 간다

어느 사이 내 무릎 위로 와서 내 손과 얼굴을 핥는다 나
는 강아지를 품에 안고 커튼이 쳐 있는 거실을 걷는다

사과 껍질과 먹다 남은 사과가 테이블 위에서 오그라
든다 해피트리가 화분 속에서 물기를 잃어 간다 커튼에
숨박꼭질하듯 어른대는 햇살

우리 오랜만에 지붕 위에 올라갈까?

태양광 지붕으로 올라가는 문을 열어 본다
구름이 빠르게 움직이고 있다

와, 하늘 좀 봐
고래가 몰려오는 것 같아

그녀가 지붕 위에 들고 갈 커피를 타고 있다

종소리

루이, 음악이 너를 구했지

지린내 나는 뒷골목, 싸구려 술집, 깨진 유리창, 여자들
의 울부짖음, 더러운 발자국들이 너를 쫓아왔다

너는 허공에 대고 총을 쏘았다
지하 감옥이 너를 가두었다
신성한 어둠에 이끌려
음악의 신 앞에 불려갔다

네가 검은 입을 벌리자 달빛 같은 음악이 쏟아져 나
왔다
외로운 사람들이 몰려왔다

네가 트럼펫을 불면

구름은 장미가 되고
안개는 무지개가 되었다

*

도서관 계단을 올라간다

계단 위에
검게 눌어붙은 껌 딱지
타다 버려진 담배꽁초
햇빛 속에 굳어 버린 지렁이
방금 날아온 나뭇잎 한 장이

아름다운 종소리처럼

What a wonderful world!*

너는 나를 구했지

*루이 암스트롱의 노래.

링링*

아무도 출입하지 않는 현관 센서 등이
켜졌다 꺼졌다 한다

누가 와 있나?

문을 열자
부러진 나뭇가지들이 발에 차인다

경비실 외벽의 거울은 산산조각 나 있다
굴러오던 검은 비닐이 검은 새가 되어 날아간다

유령 해초처럼 얼굴을 휘감는 네 긴 머리카락을 조
심해
눈앞을 가리고 있잖아

어여쁜 이름의 소녀를 조심해
반가운 척 달려와
너를 넘어뜨릴지도 몰라

언니,

누군가 불러서 돌아보았다
아무도 없는데

9층 어느 집
베란다 창문이 활짝 열린 채
흰 셔츠 하나가 창틀을 넘는다

나는 백팩을 당겨 메고
뒤집혀진 우산처럼 걸어간다

*2019년의 제13호 태풍.

밤과 아침

그만 들어가 자라
밤늦도록 어른들 곁에서 말똥말똥
아침이면 눈도 못 뜨는 내게 엄마는 말했다

밤올빼미야, 야행성이야

일찌감치 밤을 떠도는 행성이었어

낮보다 환한 밤을 살았어
낮에는 구석에서 졸다가 밤이면 활개를 펴는
밤고양이 눈빛을 하고

깊은 바다 문어처럼 팔다리가 많고 싶었어
밤이면 하고 싶은 게 많아서

식구들이 모두 누운 밤
물컵도 냄비도 싱크대 위에 고요히 엎어져 있는 밤

책과 CD와 스케치북 사이에서
밤의 수많은 문을 열고, 또 열면
비밀의 정원이 나타나지

어디선가 반딧불이 날아와 나를 둘러싸고
손 내밀면 사라지는 반딧불들을

어서 그려야 해
수없이 스케치북을 넘겼는데
아침이면 스케치북에 왜 아무것도 없는 거지?

화분 속 선인장이 걸어 나오던 밤
어항 속 물고기가 튀어 오르던 밤

그토록 밤을 사랑하던 내가
어쩌다가 아침을
사랑하게 되었지?

언제부터 새소리에 창을 활짝 열었지?

이른 아침 창가에 날아온 새에게
휘파람을 날리며
고마워, 내일도 와 줘

매일 새를 기다리며 유리창에
아침의 기분을 쓴다

안 보이던 내가, 투명한 유리창에 보이네

잠자리에 누워 눈 감으면
가슴이 두근거려

나의 아침이 저만치서 오고 있어

2부
겨울나무 읽기

겨울나무

오두막을 나선다

겨울나무를 읽으러 간다

내가 읽어야 할 책들이

숲속에 빽빽하게 꽂혀 있다

렌트 하우스

2층엔
멀리 강이 보이는 방과
가까이 산이 보이는 방이 있다

지금은 흐린 오후인데
어느 방의 밤이
어느 방의 아침이 더 좋을까

거실엔 대리석 원탁과 TV와 소파가 있다
케이크에 불을 붙이고
우리는 박자가 어긋난 노래를 부르며 손뼉을 친다
많이 웃는다

입가에 케이크를 묻히며 보드게임을 한다
부채처럼 펼친 카드를 뚫어져라 응시하지만

우리 손엔
알 수 없는 암시들뿐

무지개가 보이는 벼랑
파도를 삼키는 사람
손바닥에서 솟아나는 회오리
문 열린 새장들

무슨 카드를 꺼내야 할까
이 하룻밤
이 하우스에서

빛이 사라지는 유리창에
낯선 그림자들

물고기처럼
입을 뻐끔거린다
어둠에 눈을 뜬다

잠시 머물다 가는

이곳에도

저녁이 들이닥친다

이렇게 멋진 셔츠는 처음이야

라고 말하며 데이지는 울었다

개츠비, 그의 최고급 셔츠와 실크 스카프
그 부드러움에 파묻힐 때
슬픔과 행복이 함께 올 때

아름답고 사랑스런 데이지는 가난을 모르는데 말
이야

*

네 옷장 속 가득한 화이트 셔츠와 검은 슈트
책장을 빼곡히 채운 악보들
얼굴이 비치는 피아노에
나는 먼지가 앉을까 신경 쓰지

너는 무대에서 빛나는 사람
나는 언제나 힘껏 박수를 쳤는데

뜨거운 파라핀에 손을 담그는 밤이 오네
날카로운 통증에 땀이 솟는 날이 오네

찌든 때, 쓰레기,
냄새나고 썩어 가는 것들

피아노만 만지는 너의 손은
내 손의 일을 모르고

툭, 툭 부러진 손톱
수세미 같은 손에
밤마다 바셀린을 바른다

*

언제 빠졌는지 알 수 없는 반지는 어디로 갔을까

쌀이 없어도 가난을 모르던 내가

가끔 너의 빛나는 셔츠에 얼굴을 묻고 운다

*영화〈위대한 개츠비〉에서, 데이지의 대사.

유령의 결혼 생활

결혼 생각은 안 하던 그녀 앞에 어느 날 유령이 나타났다 아름다운 청년의 모습을 한 유령은 천상의 멜로디를 그녀에게 들려주었다 그녀는 눈처럼 하얀 드레스를 입고 그를 향해 걸어갔다 사람들이 축하하며 박수를 쳤다 손에 든 장미 꽃잎이 핏방울처럼 떨어졌다 울면서 태어난 아이들은 여자의 등과 허리를 밟고 자라났다 유령은 여전히 아름다운 청년이었다 앞치마를 두른 여자는 손목과 무릎이 닳는 줄도 모르고 걸레질을 했다 그들의 가난은 깨끗하고 반짝거려야 했기에…… 여자의 손발은 얼음이 되어 갔다 봄에도 내복을 입고 겨울 양말을 신었다 집 안에는 음표들이 굴러다녔다 아이들이 아파도, 지붕과 창문이 흔들려도 유령의 손가락에선 음표들이 튀어나왔다 오선지 위에서 밤낮을 사는 유령은 방금 먹은 게 아침인지 점심인지도 몰랐다 쌀독에 쌀이 떨어져도 몰랐다 물컵 속에도 코트의 주머니나 신발 속에서도 음표가 나왔다 그는 이제 자신이 유령이라는 것을 더 이상 숨기지 않는다 자신의 어두움을 음악으로만 얘기할 뿐. 유령과 오래 살아온 그녀도 어느새 서서히 유령이 되어

간다 그에게서 흘러나오는 음표들로 밥을 하고 국을 끓
인다 낮은음자리로 담요를 짜고 높은음자리로 등을 켠
다 음표만이 생생한 유령의 결혼 생활은 안개와 어둠을
헤치고 레일 위를 달린다

구름을 공부하면

봉지에서 떨어진 사과가 굴러간다
창가에서 멈춘다

사과는 창문을 뛰어넘고 싶었을까?

사과의 그림자를 본다

사과를 먹으면
그림자도 함께 먹는 것

너는 말이 없는 사람이다
나는 종달새 같은 사람인데

가위바위보를 할 때마다 너는 주먹을 냈다
나는 보자기를 냈다
번번이 너는 저녁 설거지를 했다

다정하게 손잡고 저녁 산책을 다녔다

사람 드문 길에선 나를 업고 다녔다

기억은 어디까지 맞을까

읽지 않은 책이 쌓여 있다
탑처럼 높이 쌓아 볼까?
무너질 때 무너지더라도

고양이는 온몸을 풀고
내 무릎에서 깊은 잠에 빠져 있다
고마워, 고양이에게 매일 속삭인다

구름을 바라보며 시간을 보낸다
구름을 공부하면 더 좋은 생활을 하게 될 것 같아서

구름이 모양을 바꾸며 천천히 흘러가는 것을 본다
구름의 마음이 될 때까지

구름 한 점 없는 날엔 하늘을 보지 않는다

스노볼

스노볼을 꺼내 부엌 선반 위에 놓는다
털모자에 머플러를 두른 소년이 그 속에 있다

스위치를 켜자 눈이 휘날린다
캐럴이 흐른다
소년은 눈을 맞으며 스케이트를 탄다

지난해 크리스마스 저녁 너는 외투 주머니에서 둥글
고 투명한 것을 꺼내 테이블 위에 가만 놓았지
선물을 주면서도 너는 아무 말이 없고

그건 우리에게 이상하지 않지
너는 언제나 침묵 속에 움직이니까

한여름, 불 앞에서 땀을 흘리며 사흘이 멀다하고 콩국
수를 만든다 입 짧은 네가 그나마 잘 먹는 콩국수를

불려 놓은 콩을 냄비에 삶으며

겨울 나라 소년을 바라본다
소년은 영원히 늙시 않는다

뜨거운 불 앞에서
끓어오르는 거품과 불순물을

걷어내고
걷어내고

또 걷어낸다

알맞게 삶긴 콩을 믹서에 넣고 물을 붓는다 소금과 참
깨, 땅콩, 오래된 애증과 연민까지 곱게 간다 삐걱거리는
내 어깨 허리 무릎 손목뼈 일부분도 들어간다 삶아 놓은
국수에 콩국물을 붓고 얼음을 띄우면

한 그릇 콩국수가 완성된다

스위치를 끈다
꿈꾸듯 스케이트를 타던
스노볼 속의 소년은 사라진다

조각 그림 맞추기

테이블 위에 쉰브룬 궁전 1,000피스 퍼즐이 흩어져 있
다 한조각을 집어 그림이 되어 가는 조각 옆에 대어 본다

간혹 들어맞는다
종종 빗나간다
조각을 찾아 목이 마른다

푸른 하늘과 사이프러스 숲, 아름다운 쉰브룬 궁전, 너
와 그곳을 걷던 날들을 떠올린다

조각이 조각을 만난다

누군가의 빈 곳을 채우는 작은 조각이고 싶었어
그게 바로 너였는데

바람이 분다 창이 흔들린다
커튼의 무늬가 이상한 무늬로 구겨진다
손에 쥔 퍼즐 조각이 바닥으로 떨어진다

조각을 놓친 손

조각을 놓아 버린 손

햇빛은 길었다가 짧았다가 계절이 바뀐다 모르는 계
절을 따라 나는 먼 곳까지 흘러갔다 돌아온다

오늘의 테이블에 앉아
다시 퍼즐 조각을 집어 든다

퍼즐은 조금씩 닳아 있고
그림을 다 맞춰도 전처럼 아름답지 않다

손가락 사이로 빠져나간 것이 있다

돌아갈 수도
돌아올 수도 없는 것이 있다

하염없이 하루하루

왼쪽 다리에 깁스를 하고 있다

커피를 마시는 것이 금지되었다

울란바토르
파타고니아
마다가스카르
아이슬란드
부탄

가고 싶은 곳의 목록이 늘어 간다

힘들 때면 된장국을 끓여 입에 넣는다
엄마가 해 주던 배추된장국 맛을 떠올린다

101동 나무 그늘 아래
거대한 보랏빛 꽃
경비 아저씨가 십 년 만에 처음 핀 꽃이라고 했다

꽃이 필 때까지 그곳에 수국이 있는 줄도 몰랐다
수국은 긴 세월 얼마나 궁리가 많았을까

하루하루 하염없이
내 검은 머리카락이 흰색이 되려 한다

이마 눈가 입가에 레이스 같은 주름이
하루하루 하하하
하늘하늘
하염없이
한결같이

욕실 거울 속에
겨드랑이에 목발을 낀 여자가 이를 닦는다
거기 누구세요? 물어본다

목발을 짚고 절뚝절뚝 밥을 하고 국을 끓인다

무너질 것 같은 다리를
건너는 중이다

한밤의 초코케이크

집에 올 때 초코케이크 좀 사 와

처방전을 들고 약국에 다녀오는 일처럼
너는 이 일이 익숙할 것이다

한밤의 테이블에 놓인 둥근 케이크
나는 초에 불을 붙이고
아름다운 케이크를 바라본다

초코케이크 위에 하얗게 눈이 내렸다
겨울나무와 눈사람 위로 촛농이 떨어진다

고양이는 제 상처를 제가 핥아 아물게 한대
그 말은 들은 뒤로 지워지지 않는데

계단에서 넘어졌어
온몸에 멍이 들었어
오른팔을 들지도 못하겠어

너는 사막을 오래 걸어온 얼굴을 하고
아무 말이 없다

네가 하지 않는 따뜻한 말을
내가 어떻게 들어 보겠니

아직도 갈 길이 먼 낙타의 눈빛을 하고 있다

왼손으로 포크를 집어 입 속에 케이크를 넣는다
초코케이크는 변함이 없어
다행이야

왼손으로 이를 닦는다
이를 처음 닦는 것처럼 서툴다
입가에 거품이 흘러내린다

거울 속에

흰수염고래 같은 여자가 거품을 문다

사라지는 것

너는 몸무게가 줄고
잠을 잃어 가고
불도 켜지 않고 앉아 있다

나는 옆방 어둠 속에서
벽에 기대어
벽을 바라보고 있다

어둠은 나처럼 눈이 가늘구나
손가락이 길구나
조용히 눈물을 흘리는구나

너는 도살장에 끌려가는 소를 보았다고 말하고
더 이상은 얘기하지 못하지

네 방은 어둡고
이끼와 종유석이 자라고
돌멩이들이 굴러다녀

떨어지는 물방울을 맞으며
웅크린 너를 바라보다
목구멍까지 물이 차오른다

밤마다 보던 별들은
어디론가 흘러가고
나뭇잎이 뚝뚝 지는데

사라지는 건 나였다

좋은 곳

아버지가 하혈을 했다 응급실로 달려간다 피검사 오
줌검사 초음파검사 바이러스검사를 마치고 내장내시경
을 찍는다
　보호자 대기실에 앉아 자꾸 시계를 쳐다본다 가방에
서 시집을 꺼낸다 좋은 곳에 갈 거예요*

꿈속일까요?
맑은 하늘에 천둥이 쳤어요
어디로 가야 할지 모르겠어요

다정한 세계가 있을까요?
내가 좋아하는 눈이 가끔 나무를 쓰러뜨려요

좋은 곳에 대해 생각하고 있어요

검사실 자동문이 열린다 남자 간호사가 침대에 누운
아버지를 밀고 온다

아버지 괜찮아요? 목 안 말라요?

아버지는 말없이 내 손을 잡는다

아버지는 병실로 돌아와 링거를 맞으며 눈을 감고 말
한다

너무 오래 살았어

창밖 먼 하늘에 비행기가 긴 줄을 그으며 날아간다 간
이 의자에 앉아 가방을 연다 시집이 안 보인다

옆 병동 5층 대장내시경 검사실을 향해 뛴다 내가 앉
았던 자리에 아주머니가 앉아 있다

이 자리에서 책 한 권 못 보셨어요?

청소 아주머니가 들고 가서 저쪽 간호사에게 주던
데요

간호사님, 시집 여기 있나요?

안내계에 넘겼어요

A병동에서 B병동으로
좋은 곳에 갈 거예요*를 찾아 헤맨다

좋은 곳이 있을 것이다
좋은 곳이 기다리고 있다

*김소형 시집『좋은 곳에 갈 거예요』.

너와 나 사이에 물방울이

네 손발은 따뜻하고
내 손발은 차다

겨울에도 내복을 입지 않는 너와
봄까지 내복을 입는 나는
옥매트를 켜면 함께 누울 수 없다

에어컨을 켜면
소파에 함께 앉을 수도 없다

추위를 안 타는 너는 겨울을 싫어하고
추위를 타는 나는 겨울을 좋아한다
좀 이상한가?

너는 청국장을 싫어하고 나는 청국장을 좋아하고
너는 순대국밥을 좋아하고 나는 순대국밥을 싫어
하고
너는 자동차를 좋아하고 나는 걷는 걸 좋아하고

그럼에도 너와 나는
브람스와 냉면과 고양이를 좋아하고
혼자 있는 것을 좋아해서
따로, 또 같이 산다

침묵은 너의 특기
너의 침묵이 바위가 될 때
나는 바위 옆 돌단풍으로 돋아나 잎을 펼치지
그림자 날개를 만들지

네가 추울 때, 나는 덥고
네가 더울 때, 나는 추워서

우리 사이에 물방울이 생기면

나는 물방울로 시를 쓰고 너는 노래를 만들지
물방울을 얼려서 화채에 띄워 먹지 아이스커피를 마

시지

생활은 비천하고
생활은 거룩해

너와 나의 예술처럼

망각의 의도

그때 나는 자주 넘어졌다
한 조각 두 조각 여러 조각으로 깨졌다

깨진 무릎을 팔아 우유와 빵을 샀다

걷다 보니 사막이었다
소용돌이 바람 속에 갇혔다
모래옷을 입고
모래밥을 먹었다

언제부턴가 죽은 뱀을 신고 있었다

태어나지 못한 아이가 가끔 생각났다

알코올중독자나 정신이상자
서둘러 세상을 떠나는 자들이 눈에 들어왔다

망각하는 법을 익혔다

*

밤이면 보이던 거미가
알을 슬어 놓고 사라졌다

베란다 빈 화분에 날아온 씨앗이
가느다란 풀포기를 올린다
나는 그곳에 뿌리를 내린다

누군가 문 앞에 살구 한 바구니를 놓고 갔다

오래 비어 있던 건너편 집에
불이 켜진다

그 불빛을 바라보는

깊은 밤

투명한 날

명절 지내고 코피를 쏟는다

셔츠에 핏방울이 번진다
두루마리 화장지가 흠뻑 젖는다
고개를 젖히니
으깬 포도즙 같은 것이 목구멍으로 넘어간다

쉬이 멈추질 않으니 플라스크에 받아 둘까
팔레트에 담아 둘까

붓으로 찍어 장미를
십자가를
뜨거운 눈물을 그려 볼까

적혈구 백혈구 수치가 낮네요
자주 어지럽나요? 의사는 물었다

낮에도 가끔 별이 보여요

평평 코피를 쏟는데
투명해질 때

세상에 대해
사람에 대해

다시 맑은 새 피가 돌까

내 안의 피는
그렇게도 느리게 흐른다는데

내 걸음은 그래서 이렇게 느린 걸까

다시 붓을 들어
불덩어리를 그린다
형체도 없는

코피가 멈추지 않는다

먼 곳

밥솥이되지않을래주걱이되지않을래도마가되지않을래수세미가되지않을래행주가되지않을래명절이되지않을래갈비찜이되지않을래육개장이되지않을래빈대떡이되지않을래진통제가되지않을래알람시계가되지않을래수건이되지않을래걸레가되지않을래빗자루가되지않을래유한락스가되지않을래다리미가되지않을래쓰레기통이되지않을래실과바늘바늘쌈지가되지않을래국경이되지않을래철조망이되지않을래총부리가되지않을래움트는씨앗이될래레몬그라스가될래크루아상이될래스몰굿씽이될래사이프러스가될래오토바이가될래하늬바람이될래모나코나비가될래무지개가될래천둥번개가될래제비꽃이될래밀물과썰물이될래파도가될래등대가될래여행가방이될래나침판이될래울란바토르가될래안나푸르나가될래핑크솔트가될래라탄소파가될래애플망고가될래초콜릿무스가될래아키카우리스마키가될래나의문어선생님이될래오솔길이될래오두막이될래오두막불빛이될래 먼,곳,이,될,래

3부
날아가는 돌멩이

구불구불한 밤

코코넛 풀빵 냄새와
메콩강 물 냄새를 지나왔어
대나무 다리를 건넜어

모퉁이엔 환전소
건너편엔 카페 유토피아가 분명 있었는데 이상하다
안 보여

짙은 화장을 한 여자가
창을 닫고 붉은 커튼을 내렸어

막다른 골목의 개들이 짖어대며 쫓아왔어

웃통을 벗고 담배를 피우는 콧수염 사내가
이리 오라고 손짓을 해

전봇대가 기울었어
가로등이 꺼졌어

움푹움푹 땅이 파이고 신발이 벗겨지고

밤의 얼굴이 너무 달라서
달을 의심하면서
나를 의심하면서

넓고 환한 곳을 향해 뛰었어

파이브 달러, 오케이?
핸들을 돌리며 툭툭이*가 다가왔어

툭툭이에 몸을 싣자
끝없이 펼쳐지는 구불구불한 밤

간신히 숙소에 도착했을 때
벽에는 도마뱀 서너 마리 죽은 척 붙어 있고
창을 열면 시푸른 손바닥들이 방으로 들어왔어

검은 닭들이 밤새 울었어

아침이 오면
잠을 잤어

*삼륜 택시.

숲의 얼굴

올봄 첫 뻐꾸기 소리를 들었다 가던 걸음을 멈추었다
도서관 입구에서였다 봄비가 그쳤다

소년의 자전거가 바람처럼 지나갔다 자판기 커피를
들고 가던 사람이 자전거를 피하다 커피를 쏟고

뻐꾸기 울음이
커피 자국처럼 남아

이리 와, 어서 와
첫 향기를 네게 줄게

나를 부르는 앞산 아카시아 숲에 들어선다

수풀에 감기는 내 발
머리카락 속으로 손을 넣는 나뭇가지들

뻐꾸기는 멀어진다

신발이 젖는다
안 보이던 것들이 보인다

바위틈, 나무옹이, 나뭇잎 뒷면에 누군가 수없이 지어
놓은 작고 작은 방들

돋아난다
위험한 것들이

내일은 자라날까 사라질까

내겐 처음인 숲
숲 서쪽엔
둥근 무덤

아주 커다란 물방울을 보았다

명동슈퍼 옥수수

도시개발지구 낡은 주택가 슈퍼엔 라면 햇반 소주 밀가루 설탕 과자 비누 세제 등 기본 공산품만 진열돼 있다 사람들이 점점 떠나고 남은 발길이 뜸해진 가게는 조용하다 매화 동백 영산홍 남천 풍란이 가게 앞을 지킨다 어느 정원에서처럼 환하게 꽃이 피고 꽃이 진다 할머니는 아직 동네를 떠나지 않고 있다

옥수수 철이 되면 할머니는 아들이 농사해 온 옥수수를 쪄서 함지박에 내놓는다 자줏빛이 도는 달큰하고 차진 옥수수를 사러 나는 언덕을 넘고 골목을 지나 명동슈퍼에 간다 가겟방에 앉아 TV를 보던 할머니는 반쯤 열어둔 미닫이문을 활짝 열고 나온다 어제 사 간 거 벌써 다 먹었어? 옥수수만 먹음 못써, 밥을 먹어야지 나는 양손에 옥수수를 들고 온다 피우지 않는 담배도 사 온다 아버지가 쓰던 구릿빛 라이터를 서랍에서 꺼내 만져 본다

옥수수와 튀긴 강냉이를 달고 사는 나는 옥수수로 만들어진 사람, 이빨도 손톱도 머리카락도 다 옥수수 성분

일 거야 옥수수밭에 서 있으면 제일 어울릴 거야 다 먹고
난 옥수수는 둘렀던 잎사귀를 결 따라 가늘게 찢은 다음,
양 갈래로 머리를 땋는다 땋은 머리를 고무줄로 묶으며
옥수수 아이에게 말한다 엄마가 내게 하던 말을 한다 쌀
한 톨이 얼마나 귀한 건데, 밥 남기면 못쓴다 엄마처럼 키
작고 싶어?

안녕, 티라미수

어제까지 웃던 사람이 세상을 버리고 떠난다

믿었던 사람이 돌아선다

말랑한 껌을 씹었는데 가시가 입안을 찌른다

숨을,
쉰다
숨을,
쉰다
간신히

무엇을 해야 할지 모르겠어

세상에 없는 꽃을 그린다
삼각형 사각형 오각형 육각형 칠각형의 꽃들을

날아드는 벌 나비가 모서리에 부딪힌다

꽃들이 놀라서 문을 닫는다

몸이 뒤집힌 채 죽어 가는 벌레를 오래 지켜보았다

버둥거리다
잦아드는
고요

티라미수, 오늘 네가 필요해

달콤한 티라미수를 몸속에 채웠는데
쓰디쓴 체액이 올라온다
상한 마음이

마태수난곡

그는 마태수난곡을 들으며 글을 썼다

그날은 내게 쪽동백나무 언덕에 가보자 했다
찔레가 한창이라 했다

수풀 우거진 가파른 길
언덕에 이르자 진한 풀내가 났다
오전에 누군가 와서 벌초 작업을 한 모양새였다

숲에 가려 마을이 보이지 않았다
사방이 고요했다

찔레꽃 향과 풀내가 진동했다

쓰러진 나무가 있었다
쓰러진 나무 위에 말없이 앉아 있었다
그는 그의 손가락보다 더 가느다란 담배를 피웠다

진한 풀 냄새 속에서
애도하듯

육수를 내려고 한 덩이 쇠고기를 만질 때
생선 아가미에 고인 피를 씻어낼 때
손에 묻는 피

손에 피를 묻히고 살아왔다

오늘은 싱싱한 풀내가
피비린내인 것만 같아

나의 향유는 누군가의 고통 후에 온 것만 같아

이후로 어딘가를 지나다 벌초 뒤의 풀내가 끼쳐 오면
그 언덕의 오후와 함께 마태수난곡이 들려온다

책상을 놓아두고 담요를 깐 방바닥에 엎드려 글을

썼던

창백한 얼굴이 생각난다

마루광

아이는 심심할 때면 마루광에 들어간다 광에는 짙은 갈색의 반들반들한 마루가 깔려 있다 그곳에는 궤짝, 선반, 설탕 통, 소금 단지, 채반, 대바구니, 자개장, 재봉틀이 있다

아이는 궤짝에 올라가 선반 위의 양철 설탕 통을 연다 곱고 흰 가루 위에 손가락으로 별을 그린다 엄마가 연탄불 위에서 해 주던 달고나를 생각하며 휘휘 젓다가 혀에 찍어 먹는다

엄마가 시집올 때 해 온 자개장엔 목단이 피고 새가 난다 아이는 얼마 전부터 자개장 서랍 속 천 조각들에 매혹되었다 색색의 천들을 꺼내 바닥에 펼쳐 놓고, 모자이크 놀이를 하듯 배색과 배열을 바꾸며 논다

윤기 나는 양단이며 부드러운 융과 거즈, 광목, 보들보들하거나 매끄러운 천들을 만지면 엄마의 부드러운 젖가슴과 비벼 주던 볼이 생각난다 엄마는 언제 병이 다 나

아서 집에 올까 엄마를 보러 병원에 갈 때마다 곧 나아서
집에 올 거라고 했지만 엄마는 점점 더 말라 가고 힘없이
누워만 있다

자개장 맨 아래 서랍을 열면 보자기에 싸인 배냇저고
리가 있다 이렇게 조그만 옷은 누가 입었던 걸까 아이는
고개를 갸웃거린다 자개장 옆에 놓인 엄마의 재봉틀은
무엇이든 만들어냈다 조각이불과 조각보, 베갯잇, 속바
지. 아이의 민소매 원피스나 반바지 같은 여름옷들, 행주
와 걸레, 밥상 덮개까지

엄마의 재봉틀에 앉아 발을 굴려 본다 재봉틀 머리를
쓰다듬으며 묻는다 이제 뭐 하고 놀까? 바구니를 옆에 끼
고, 보자기를 앞치마처럼 두른다 두부와 콩나물을 사러
시장에 가 볼까?

조용하고 커다란 집, 늦둥이 아이는 혼자서 잘 논다 마
루광에서 놀다 곤해진 아이는 자개장 속에 들어가 문을

닫고 잠이 든다 엄마 손을 잡고 시장에 간다 서울약국집
수옥이가 신은 분홍 장화를 보고부터 사 달라고 졸랐던
장화, 분홍 장화를 신은 아이가 엄마 손을 잡고 콧노래를
부르며 꿈속을 간다

태풍이 지나가고*

영화를 보러 갔다
태풍이 지나가면, 두 장이요

뒤에 있던 친구가
태풍이 지나가도야, 라고 했다

앗, 이건 불길한 뉘앙스

태풍이 지나가도 쓰러진 나무는 다시 일어서지 못
한다

못 본 척 웅크리고
나는 쓰러진 나무 곁을 지나갔었지

태풍이 지나가면
옥상에 하얀 빨래를 널어야지
부드러운 라테를 마시며 기타를 치고 노래를 불러
야지

오동나무 평상에 누워
느릿느릿 흘러가는 구름을 바라봐야지

티켓을 받고 보니
태풍이 지나가고, 라고 써 있다

난 누군가를 바다보다 더 깊이 사랑한 적이 없어
넌 그런 적 있니?

없을 거야
그런 적 없어서 이렇게 살아갈 수 있는 거야
이렇게 하루하루를

돌아오는 길에 공원에 들러 그네를 탔다 시소를 탔다
멀미가 날 때까지 뺑뺑이를 탔다

태풍이 지나가고

* 고레에다 히로카즈 영화.

약속

바위 속 마애여래가 그윽한 눈으로 우릴 보고 있었다 발아래 굽이굽이 강이 흘렀다

세상이 까마득해지는 곳이었다 정신을 차리고 보니 수십 년이 흘러 있었다 머리가 희끗해져 있었다

신갈나무들이 초겨울 바람에 떨고 있었다

피크닉 가방까지 들고 왔는데 자동차 안에서 먹을 순 없지

자동차와 자동차 사이에 돗자리 한 장이 깔렸다 조그만 단칸방이 생겨났다 자동차를 바람벽 삼아 무릎 담요를 덮고 몸을 붙여 앉았다

김밥과 메밀전병, 샌드위치와 큐브치즈, 과일이 펼쳐진다 보온병을 꺼내 뜨거운 커피를 따른다 바람이 커피 속으로 들어간다

천국의 맛 같구나

이런 날은 집에 딱 붙어 있어야지 왜 가출들 하구 그래?
철없는 애들은 아무 때나 웃는다 웃느라 무너진다

우리의 말 없는 약속은
번개처럼 만나는 것

다음엔 어디 갈까?
바다에 갈까? 절터에 갈까?
어디든 어디든 오케이

　겨울에도 우리는 눈밭에서 뛰어노는 아이처럼, 눈사
람을 만드는 아이처럼 부풀어

내일을 모르면서 놀고

머리가 희어지도록 논다

돌멩이의 노래

31번 버스 안에서 휘청인다
버스는 S자를 그리며 밤골, 무수막 마을로 미끄러진다

고요하고 서늘한 호수가 내 옆에 와 걷는다
방죽의 쇠뜨기풀을 구름이 담고 지나간다

날개 숨긴 돌멩이를 찾아 손에 쥔다
물수제비뜬 돌이 내일로 날아간다
돌멩이가 날개를 펼친 흔적이 물 표면에 나타났다 사
라진다

물가의 버드나무들이 머리를 풀고 물속으로 들어
간다
어두운 파랑이 온다

풀린 운동화 끈을 묶으려 고개를 숙인다
어둑어둑 돌멩이 속에 잠긴다

저 돌멩이들 가라앉아 무엇이 될까

호수 바닥을 구르다
물결에 떠밀려 가 기슭에서 반짝일까

부서지는 돌멩이
날아가는 돌멩이가 될까

빗방울이 떨어진다
어깨가 젖는다
돌멩이가 노래를 부른다

손톱 깎는 밤

네댓 살까지 업히던 엄마의 등, 코티분 냄새 같은 거 생각나서 울다가 손톱을 깎는 밤이 온다 엄마가 밤에는 손톱을 깎지 말라고 했는데, 손톱이 길면 손톱 밑에 더러운 게 끼어 사람이 게을러 보이고, 너는 먹는 게 키로 안 가고 손톱이랑 머리카락으로 다 가나 봐 어쩜 이렇게 빨리 자라는지, 머리를 빗기며 손톱을 깎아 주며 엄마는 말하곤 했다 엄마 젖이 모자라 분유를 먹었다는데 어른이 돼서도 가루우유를 타 먹는다 따뜻한 우유를 마시며 엄마 등에 업히는 밤, 손톱을 자른다 손톱은 자르기 무섭게 다시 자라고 머리카락은 나의 기운을 끌어모으듯 자란다 촛불을 켜고 일렁이는 거울을 들여다보다 가위를 들게 되는 밤, 묶었던 머리를 풀면 수풀이 되는 머리카락, 수풀 속엔 뭐가 숨어 있나? 은가락지를 낀 엄마의 손이 숨어 있나 엄마의 손을 놓치고 길을 잃는 내 악몽이 숨어 있나 손가락을 넣어 훑어본다 머리카락을 잡고 가위를 갖다 댄다 머리카락은 사각사각 소리를 내며 내게서 떨어져 나간다 잘린 머리카락들이 지느러미가 되어 밤의 물결을 헤엄쳐 간다 손톱 조각들이 깃털을 달고 튕겨져 날아오른

다 검푸른 밤이 내 안에서 몸을 뒤집는다

꽃을 찍는 사람

백 년이 넘은 성당을 둘러본다 역사를 전공한 그는 커다란 돌판에 새겨진 내용을 꼼꼼히 읽는다 병인박해를 피해 온 사람들이 자리 잡은 곳이었네요 예배소 문에는 코로나 때문에 예배 시간 외에는 성당을 개방하지 않는다는 공지가 붙어 있다 문 닫힌 창에 얼굴을 대고 들여다본다 스테인드글라스도 내부 장식도 소박하고, 성당이 작아서 참 아름다워요 위엄으로 주눅 들게 하지 않네요 주위를 걸으며 그는 보는 것마다 이게 무슨 꽃이냐고 묻는다 애기똥풀꽃 금낭화 씀바귀꽃 패랭이꽃 별꽃 명자꽃 그는 묻고 나는 말해 준다 그는 꽃을 찍느라 무릎을 접고 허리를 구부린다 그전엔 꽃이 안 보였는데 이제는 길 가다가도 꽃이 보여요 웬일이래요? 좋은 일이에요 잘 늙겠어요 한 나무 아래서 그는 자신 있게 이건 자두나무예요 어릴 적 외할머니 댁 마당에 자두나무가 있었거든요 하얀 꽃들이 다닥다닥 가득 펴요 해마다 자두는 실컷 먹었지요 공연장과 강의실을 오가는 동안 천지 사방에 꽃이 피어도 모르던 사람이 작은 풀꽃 하나하나를 가만 들여다본다 이름을 궁금해한다 개천이 흐르고 널찍한 논

밭이 펼쳐진 마을은 개들도 짖지 않고 조용하다 오래된 성당이 있는 마을에는 단 하나의 음식점, 단 하나의 카페가 있다 시골에 이렇게 멋진 카페가 있다니 놀랍네요 다음 공연은 '갈매기'예요 보러 오실 거죠? 운동화 차림의 그가 희끗희끗한 머리카락을 손으로 넘기며 묻는다 그는 여전히 청년의 얼굴을 하고 꽃을 찍는 사람이 되어 있다

비자림

너와 함께 걷는다
천년숲을

길이 푹신푹신해

풍란 흑난초도 있어
정말 아름다운 곳이야

울창한 곳곳에 그늘이 짙다 너는 소리 내어 웃지만 무
성한 그늘 쪽에 있다

비자나무는 척박하고 건조한 땅에선 못 산대
여긴 기름진 곳인가 봐
향기도 좋지?

날마다 이곳을 걸을 수 있으면 좋겠어

쓰러질 듯 휘어진 나무가 앞을 가로막는다 덩굴손이

나무를 칭칭 감고 있다 너는 나무에게 몸을 구부린다

　어떻게 이렇게 휘어져 살 수가 있어?
　　하늘을 안 보고 땅만 보고

　땅 밖으로 나온 뿌리들이 바위를 감싸 안고 있다 나무
가 낳은 아가인 것처럼

　　입구에서 줄지어 들어온 사람들, 다 어디 갔지?
　　이 길엔 우리밖에 없네
　　　더 가 볼까? 말까?

　길은 여럿, 우리는 계속 오솔길로만 간다 처음 보는 식
물들이 나타난다 톱니바퀴 모양의 잎들이 서늘한 그늘
을 세운다 비자나무 가지들이 자꾸 소매를 잡아당긴다

　검은등뻐꾸기 소리가 따라온다 허,허허… 허흐흐 크
큭 흑흑흑 검은등뻐꾸기는 술 취한 사람이 웃다가 우는

것 같은 소리를 낸다

저 새는 왜 계속 우릴 따라오는 거야
여긴 가을 풀이 시들지도 않았네
뱀이 나오면 어쩌지?

두렵고 설레면서, 숲이 뿜어내는 이상한 기운을 따라
입구에서 멀어진다 발길을 타지 않은 싱싱한 길이 자꾸
나타난다

뒤돌아보지 마
여기선

우리 앞에 아무도 가지 않은 길이 있어

밤 기차

막차를 탔다
기차가 움직인다
출발을 알리는 안내 방송이 나온다

물병을 들고 마시다 조금 흔들린 나는
손수건을 꺼내 입가에 흘러내린 물을 닦고 있다

키 큰 사람이 통로를 지나간다 지나가다 돌아온다
돌아온 사람이 나를 보고 웃는다

이 시간에 여기서 보게 되다니요
여기 앉아도 되죠?
비어 있는 내 옆자리에 와서 앉는다

주위를 둘러본다 멍하니 그를 바라본다
전생에 잘 알던 사람 같다
얼굴을 만져 보고 싶다

서울에 볼일 있었어요?
막차 자주 타요? 어떻게 지냈어요?

터널과 터널을 지나며 기차는 달린다
터널에 들어서면 그가 보이지 않는다
터널을 나오면 그가 보인다

평온하게 야윈 얼굴
그의 옷자락을 슬며시 만져 본다

덕소 양평 용문 지나, 어둠은 점점 짙어 간다
멀리서 반짝이는 불빛이 신호를 보낸다
나 여기 있어요

불빛들이 하나둘 내 가슴속으로 들어온다

우리 기차는 곧 원주역에 정차합니다, 방송이 나온다
깜빡 감겼던 눈이 떠진다

옆자리는 비어 있고 어떤 온기가 남아 있다

겨울의 기쁨

겨울을 기다리는 족속이 있다
눈과 얼음을 숭배하는 족속이 있다

세상의 지붕이 온통 하얗게 될 때
강이 투명하게 얼어붙을 때
극치의 아름다움을 느끼는 그 족속은

차가운 공기를 통해 겨울의 피가 수혈된다
어지러움이 사라지고 생기가 돈다

고드름을 먹고
눈꽃 빙수를 먹고
얼음 위를 달리고

눈사람이 되어

눈사람을 만든다

눈사람이 감쪽같이 사라져도
슬프지 않아

눈사람은 가야 할 곳이 있으니까

조용히 눈사람이 있던 자리를 바라본다

눈사람처럼 사라진 날들을 이해할 수 있다
눈사람처럼 사라질 나를 꿈꿀 수 있다

다른 계절에
나는 가끔 실종된다

겨울마다 다시 태어나
신기루처럼

하얗게 휘날린다

검은 개

잠결에 개 짖는 소리 몇 번 들었는데, 너였니?

이른 새벽, 게르 문을 열고 나오니
문 앞에 엎드려 있다

어제 오후 거북바위 다녀 오는 길에 따라왔던
검은 개

이슬 젖은 털을 부르르 털고 산책길을 따라온다
어제처럼 왼쪽 다리를 절뚝이면서
얼마 전 발목을 다쳤을 때의 내 걸음으로
다친 발목보다 더 아픈 건 어떤 마음이었지
아물지 않은 그 마음이 검은 개의 축축한 눈을 본다

경사가 시작되자 검은 개가 숨을 헐떡인다
걸음을 멈추고 풀밭에 엎드린다
먼 곳을 바라보는

생각이 많은 저 얼굴
개인데 개만은 아닌 것 같은
너라고 부르고 싶은
개와 함께

끝없는 초원에서

절뚝이면서
멀어지지 않고 내 곁을 떠나지 않고
앞서거니 뒤서거니 걷는
검은 개야

너와 나는 전생에
서로의 이름을 불러 주던 사이였을까

4부
불씨를 품은 눈사람

눈사람 나라

이곳에선 그 누구를 사랑하면 안 돼요
사랑의 불씨는
죽음을 각오해야 하는 것

마음속까지 꽁꽁 얼어 있어야 해요

머리부터 발끝까지
언제나 냉정해야죠
한순간도

온기가 발생하지 않도록
정신에 힘을 모아야 해요

끝없는 추위에
누군가 다가와서 다정하게 모자를 씌워 줘요
목도리를 두르고 장갑을 끼워 줘요

고마워, 말하고 싶어져요

위험해요

죽음이 삶을
어떻게 드높이는지 모르면서

따뜻한 바람에 등을 돌렸었지요

불씨를 품은 눈사람이
속절없이 무너져 내리는 걸 보세요

무참하게 일그러져 흔적 없이 사라져요
불씨만 남아 깜빡여요

우리는 온몸으로 얼음을 만들어 튕겨내요
마지막 눈빛을 파묻어요

불씨가 파묻힌 폐허에서

싹이 나요
나무가 꽃을 달아요

꽃은 당신 가슴속
타오르지 못한 불이에요

뜨겁게 일렁이던 그림자예요

아키 카우리스마키

아키 카우리스마키는 어디로 돌아가야 하는지 알 수 없었기에 기차를 타고 가다 어느 작은 역에서 무작정 내렸다 철제 트렁크를 끌며 머뭇머뭇 걷는 트렌치코트를 아무도 주목하지 않았다

거리엔 고요한 나무 그림자와 가끔 지나는 발길들뿐이어서 그는 마음이 놓였다 역 앞에 엎드려 있던 개 한 마리가 그를 따라오다 어딘가로 안내하려는 듯 앞서간다

자동차의 커다란 충돌, 송두리째 빠져나간 기억, 그는 자신이 누구인지도 모른 채 낯선 병원에서 여러 계절을 보냈다 어느 한순간 깜빡 스위치가 켜지면 몇 개의 장면이 반복되다 이내 꺼진다 그는 미로 속에 갇혀 있다

새소리가 들린다 공원이 보이고 커다란 나무들이 있다 공원 숲에 들어서자 개는 어느새 그와 나란히 걷고 있다 벤치 등받이에 누군가 새겨 놓은 글씨는 당신에게 오늘 행운이 있기를~!

아키 카우리스마키가 벤치에 앉아 모자를 꺼내려고 트렁크를 연다 무엇인가가 튀어나와 허공을 박차고 날아간다 파랗고 검은 깃털 하나가 그의 손바닥에 춤추듯 천천히 떨어져 내린다

트렁크 속에는 그가 병원에서 색종이로 접은 새가 들어 있었다 아키 카우리스마키는 새가 날아간 허공을 보며 입을 벌리고 웃는다 기분 좋은 날이야

맞은편 느릅나무 벤치에 앉아 있던 파리한 여자가 그를 바라본다 마술사가 오셨군! 개는 여자에게로 가서 손을 핥고 몸을 비빈다
여자의 뺨에 볼그레 생기가 돈다

커밍 쑨

9월 Open, coming soon!
새로 들어선 건물 외벽에 플래카드가 걸렸다 내부 공사가 한창이었다

곧 만나자고 손짓하는 것처럼 coming soon은 펄럭였다

9월이 왔다 카페가 문을 열었다
커다란 창이 시원하고 아름답다

투명한 창으로 커피를 마시며 얘기하는 사람들, 주문하려고 줄 선 사람들이 보인다

분식집과 주유소와 너저분한 뒷골목은 기억 저편으로 사라졌다

언제라도 차지할 수 있는 나의 공간이 저곳에 있어
북적이는 지금은 아니야

카페를 지나칠 무렵
걸음을 멈추고 무릎을 구부린다
고개를 숙여 내려다본다

하마터면 밟을 뻔했기에

카페 창 아래 누운
작은 새
갈색 몸에 가슴이 붉은 새를

투명 유리에 부딪힌 날개
감지 못한 눈과 부리를 만져 본다

희미한 온기마저 사라지고 있다

세상의 빛이 사그라들고 있다

꽃과 꿈

한 소년이 말의 눈을 찔렀다 소년은 말처럼 달리며 헉헉거린다 말 울음소리를 낸다 소년 역을 맡은 작은 몸집의 배우가 홀로 무대를 누빈다 소극장 객석에 몇 안 되는 관객이 숨죽인 채 그를 바라본다

두 시간 동안 일인극을 펼친 배우는 외롭고 지쳐 보였다 인사하는 무대 위 배우를 향해 손바닥이 빨개지도록 박수를 쳤다 그에게 꽃을 전해 달라고 부탁했다 일주일 동안 그랬다

그는 밤마다 꽃을 안고 산동네를 올라갔다 헐거운 그림자를 끌며 모퉁이의 가로등을 지난다 가파른 계단을 숨이 차도록 오르면 멀리 타워가 보이는 불 꺼진 옥탑방이 젖은 그를 받아 든다

접이식 침대에 누워 오늘 무대를 생각한다 비어 있는 객석과 관객의 숨소리와 박수를 떠올린다 새벽엔 빌딩 청소를 나가야 한다 쪽창에 스며든 달빛이 그의 눈꺼풀

에 내려와 앉는다

　한 다발 꽃이 일렁이는 달빛 속에서 커다란 나무가
된다 그가 나무 위로 오른다 나무와 한 몸이 된다 사방
으로 뻗어 간 팔에 잎이 무성해진다 새들이 날아든다
구름이 밀려온다 천둥이 치고 비가 쏟아진다 하늘에서
내려온 커다란 손이 나무를 어루만진다

*

　누군가 내게 매일 꽃을 준다

　날마다 해가 뜬다

우울이 길다

우울이 길다 벽을 기어 내려온다 낯익은 얼굴로, 낯선 얼굴로 불쑥 우울이 길다 못 본 척하고 싶지만 우울이 길다 다리가 많고 음침하다 슬리퍼 위를 쓰윽 지나 사라진 적도 있다

얼마 전엔 귀에서 우울이 나오는 꿈을 꾸었다 오, 끔찍한! 우울이 길다 신문으로 덮고 그 위에 우울이 길다 두꺼운 책을 떨어뜨린다 『당신은 우리와 어울리지 않아』*

우울이 납작하게 누워 있다 휴지로 싸서 변기 속에 처넣은 우울이 길다 요란한 소리를 내며 쓸려간다 발자국도 무게도 없이 가뿐하게 우울이 길다

사라진 게 아니다 우울이 낳은 수많은 우울이 뒤척이고 번식하며, 우울이 길다 끝없이 등장한다 장롱 속이나 냉장고 뒤 신발장 구석 습하고 어두운 곳에 우울이 길다 죽은 듯 처박혀 있다가 예고도 없이

대책 없이 우울이 길다 상처 입은 짐승처럼, 은둔자처럼 우울이 길다 밟히고 숨고 터지고 잔혹하게 우울이 길다 나는 너를 잘 알고 있다

우울이 환하다 내 무릎의 통증을 밝히며 엑스레이 필름 속, 캄캄한 몸속에서 우울은 꽃송이처럼 피어 우울이 길다 자고 나면 피고 지고 어느새 또 피어나는 보랏빛 꽃송이처럼 우울이 길다 환하다

*패트리샤 하이스미스의 소설.

네 얼굴이 생각나지 않아

어둔 밤 택시에서 내렸다
가로등도 없는 캄캄한 길을 달려왔다
굵은 빗방울이 떨어졌다

불빛에 여름햇빛학교라는 간판이 보인다
반바지 차림에 슬리퍼를 신은 네가 문 앞에 나와 손
을 흔든다

테이블과 의자가 가득한 공간으로 들어선다
마땅한 잠자리도 없는 이곳에서 너는 여름을 보내고
있다

머리카락이 이마에 흘러내린 너와
이곳에 오느라 종일 땀에 젖은 내가
교실에 텅 빈 상자처럼 놓여 있다

빗소리, 풀벌레 소리
밤의 적막

이 순간을 원했던 거니?

너는 나를 불렀고
거리를 재지도 않고
나는 왔구나

안면인식장애가 있다 너는
툭하면 네 얼굴이 생각나지 않아, 하고
사진을 보내 줄까 하면
아니, 그냥 상상할래
어쩌다 마주하면
음, 이렇게 생겼구나 한다

저녁 안 먹었지?
국수 끓일까?

너는 주방에 들어가 냄비에 멸치 육수를 낸다

국수에 볶은 호박을 얹어 낸다

설거지 그릇이 쌓여 있는 어지러운 주방에서
늦은 밤 우리는 잠잠히 국수를 먹는다

사원 밖의 노인

동트는 새벽 거리
노인은 앙상한 몸을 일으켜 세운다

간밤에 누웠던 땅바닥에서 일어나 신전을 향해 앉
는다.
머리를 감싼 터번과 어깨를 두른 담요가
그가 가진 모든 것

긴 얼굴에 마른 장작 같은 다리, 먼 곳을 응시하는 눈
빛이 영락없이 죽은 내 아버지여서

나는 지나치지 못한다

카메라를 들고 찍어도 되는가를 묻자, 그는 끄덕인다
몇 번의 컷을 누르는 동안 노인은 그저 물끄러미 나를
본다

나는 주머니 속 사탕 하나를 꺼내 다가간다

노인은 가만 입을 벌린다.

보일 듯 말 듯한 미소
고요한 눈이 나를 본다

햇살은 동쪽 언덕 락포트 사원*을 지나 시장통으로
걸어 나오는 중이다.
그의 곁에 당도한 햇빛이 그와 나를 감쌌다 남아 있
던 어둠이 물러났다

거기 오래된 당신은 시장통 바닥에 앉아 길 잃고 헤
매던 나를 바라보았다
쓰레기 더미 곁에서 꽃을 씹던 검은 소가 나의 전생
을 읽고 갔다

투명한 아침 햇살이 나를 씻어내렸다
내 몸속을 빠져나온 어지러운 길들이 사방으로 흘러
갔다.

나는 가끔
그때 그곳으로 나를 보낸다

그 깊고 고요한 눈 속으로

*남인도 타밀나두 주 트리치에 있는 사원.

바람개비

둥근 도자기가 앞에 있다 초벌구이 도자기에 마음을
그려 넣는 수업이다 창밖에 눈이 내린다

마음을 어디에 두고 온 것 같다

색색의 아크릴 물감이 팔레트에 펼쳐 있다
색색의 마음을 섞으면 검은색이 된다

내가 파랑일 때
너는 빨강

우리는 보라색 입술로 말한다
추워서 문 좀 닫을게

눈 내리는 벌판에 나무 한 그루를 그린다
날아가는 새를 그린다
나무와 새는 멀었다 가까워지고
다시 멀어진다

내 것과 다른 사람들의 도자기가 진열된다
마음이 마음을 본다

바닥에 멍석이 깔리고 커다란 망치가 나온다 박살이
나도록 도자기를 깨부수라고 한다 여기저기에서 한숨
과 웃음이 터진다

망치를 들어 힘껏 내리친다 불의 시간이 튄다 행성과
행성이 충돌한다 부서진 조각들이 바닥에 흩어진다

내 발등 위로 떨어진
별 모양의 노란 조각 하나

노란 별을 주머니에 넣고 눈 내리는 숲에 간다
검은 바위 곁에 두고 온다

차가운 바람이 얼굴을 쓸고 간다
멈춰 있던 바람개비가 돈다

12월을 넘기고 1월로 간다

숨은 꽃*

저 나무, 이름이 뭐예요?
허공으로 뻗어 간 나무의 선이 아름다워 집주인에게
물었다

무화과나무예요 무화과 열매 보신 적 있죠?
무화과는 꽃이 없다면서요?

꽃이 열매 속으로 숨어 버리는 거예요 열매를 열면
하트 모양의 꽃이 보여요

드문드문 녹색의 작고 둥근 열매, 날아갈 듯한 새의
깃 모양 이파리, 가지가 몹시 단출한 나무가 신기하고
아름답다

저 간결함은 나무의 의지일까 환경 때문일까

*

오래전 네가 가져온 무화과는
나의 첫 무화과야
너는 잘 익은 무화과를 씻어 내게 건넸지
피곤에 감기던 눈이 떠졌고

껍질조차 달고 부드럽네
과일한테 위로받는 느낌이야

이제 다시 너를 볼 수 없지만

나는 무화과를 좋아하는 사람이 되고
무화과를 기다리는 사람이 되고
무화과 노래를 부르는 사람이 되었지

붉은빛 속에 푸른빛
무화과가 테이블 위에 놓여 있다

나는 숨은 꽃을 오래 바라본다

*양귀자 소설.

언덕 너머 마트에 가는 길

어제는 함박눈이 내렸다
오늘은 시베리아에서 온 바람이 얼음 망토를 펄럭
인다

동파 방지를 위해 수도꼭지 물이 한 방울씩 떨어지
도록 조절해 놓으시기 바랍니다 관리소 안내 방송이
나온다

마트에 가려고 집 밖을 나선다
아직 집으로 돌아가지 않은 금잔화와 국화가 있다
눈길에 얼어붙은 투명한 발자국들 따라 펭귄처럼 나
는 걸어간다
아파트 뒤편 언덕 마을을 향해 간다

뽀얀 연탄재가 뿌려진 서른여덟 개의 계단을 올라
간다

언덕을 올라가면

대여섯 평 메밀밭

눈밭에 헐벗은 메밀대가 서 있다

눈부신 햇살이 메밀밭에 금가루처럼 쏟아져 내린다
메밀밭이 눈밭에서 영원으로 가고 있다

나는 빛을 향해 손을 내민다

이 순간을 누구에게 어떻게 말할 것인가

빛을 손에 묻힌 채
언덕 마을을 지나간다

두부와 청국장을 사러 가는 길

언덕 너머에 마트가 있다
그곳에 가고 있다

비탈이 환하게 구부러진다

부서진 발자국들은 어디로 갔나?
—나래개발지구

녹으로 얼룩진 파란 대문 앞을
개망초 잡초들이 지킨다
갈퀴덩굴은 담을 감고 뻗어 간다

소원 성취 도량, 도솔암
노을 언덕에
펄럭이는 붉은 깃발은
떠나간 사람들을 부르고 있는 걸까

오르막 비탈에 선 내 마음은
저 하늘 구름처럼
양이 되었다가 고래가 되었다가
뿔 달린 짐승이 되어 골목을 헤매고

두 눈이 닿는 곳에

찢긴 날개
토막 난 다리

조각 햇빛

동네 곳곳을 점령한 무당거미들

담뱃불로 지진
팔뚝의 검은 화상 같은

빈집들의 텅 빈 눈이 나를 본다

해 질 녘 정적 속에 그 눈 오래 바라보진 못하고
깨진 계단을 올라가며

붉은 깃발에게 묻는다

부서진 발자국들은 모두 어디로 갔나?

이 골목은 하늘까지 이어지니?

수목원

어젯밤 무슨 얘기 하다 눈물 흘리던 너는 양 볼의 보
조개가 패도록 웃으며 손짓한다

이리 와 봐, 여기 특이한 꽃이 있어
하얀 꽃 속에 분홍 꽃이 들어 있어

너는 숲에서 눈이 반짝이는 사람, 꽃과 나무를 자세
히 들여다본다 여러 각도에서 사진을 찍는다 메모를
한다
움직일 때마다 네 바람막이 옷에서 바스락바스락 날
개 비비는 소리가 난다

긴 머리를 싹뚝 자르고 단발머리로 나타나, 소녀가 됐
네 마주 보고 웃었지
다음엔 쇼트커트를 해 볼 거야
소년이 되겠어

층층나무 주위에서 새소리를 녹음한다

이 새는 동고비야, 검은 마스카라의 눈을 가졌어 기분에 따라 여러 종류의 소리를 내, 소리가 꽤 크지?
숲 해설사가 되려고 너는 열심이다

활짝 핀 영산홍이 둥글게 둘러싼 연못은
붉은빛으로 가득하고

불타는 연못 속 물고기들은 수면 밖으로 입을 내민다
끝없이 번지는 속삭임이 연못을 찰랑이게 한다

연못은 꺼지지 않고
연못은 넘치지 않고

어젯밤의 눈물
새벽에 다녀간 비

메타세쿼이아 숲 황톳길은 젖어 있다

맨발로 걷는다
발가락 사이로 차진 흙이 올라온다
미끄러지는 발자국들이 웃는다

이 숲을 나오는 순간
곧 시들어 버릴 꽃을 손에 쥔 얼굴로

우리는 웃는다

새로운 생활

옷 가게를 지나다 스와로브스키 귀걸이를 샀다 신발
가게를 지나다 향초를 샀다 은행을 지나다 버번위스키
를 사고 휴대폰 가게를 지나다 파란 베레모를 샀다 이곳
에서 한 달 살아 보기로 한다

바람 부는 해변을 걷는다

시를 쓰지 않아도
시를 쓰는 기분

파도에 밀려온 이상한 모양의 조가비는
내 앞에 등장한 새로운 단어 같다

해변에 앉아 있던 남자가 붉은 물고기 한 마리를 낚
아 치켜든다 바다는 붉은 구름을 이고 있다

낚시용품점 앞에는 벽돌 모양으로 얼린 분홍 새우 덩
어리가 쌓여 있다

아저씨, 이거로 새우젓 담가도 돼요? 미끼인데요 깨 끗하지 않은 거라서 안 되죠

걷다가
멈추고
걷다가

뛰다가

늦잠을 자도, 부엌에 들어가지 않아도, 세수를 안 해 도 아무 문제 없지 음악이 있으니 괜찮지 나는 순하게 지내, 친구에게 문자를 보낸다

둘이어서 외로웠는데
혼자라서 반이 줄었어

아침에서 밤으로
밤에서 아침으로 공처럼 가볍게 나를 던진다

해와 달이 번갈아 나를 받아 준다

오션시티호텔

7층 엘리베이터 문이 열리면
여자는 복도 왼쪽, 나는 오른쪽 각자의 방으로 간다

여자의 방에선 바다가 보이고
나의 방에선 공원이 보인다

그녀의 아침은 나의 아침보다 일찍 온다
여자의 밤은 가로등도 없이 더욱 캄캄할 것이다

엘리베이터 앞에서 만나는 여자의 이마와 눈은 검은
마스크로 얼굴 반을 가려 신비롭다
소년 같은 머리에 쓴 레지스탕스 모자 때문에 더 아
름답다

여자의 품에는 어깨를 두른 숄 안에 하얀 강아지가
안겨 있다 한 손 줄 끝에는 검은 털 강아지가 서 있다
강아지들은 순하고 조용하다

이쁜 순둥이들아, 또 만나
나는 속으로 말하고
여자와 짧은 눈인사를 나눈다

매일 바닷가를 걷는다

바다는 어제 높은 소리로 함께 웃었다
오늘은 조금 낮은 소리로 함께 울었다

바다에 눈이 내리면
바다는 부드러운 혀를 내밀어 눈을 삼킨다
눈은 세상에서 소리 없이 사라진다 바다가 된다

그 풍경은 조금 슬프고 많이 아늑하다

산책에서 돌아올 땐 편의점에 들러 고양이용 참치 캔
을 산다 병원 옆 골목 길고양이들에게 간다
녀석들은 이제 내가 가면 다리에 머리를 비비며 아는

척을 한다

　잠들기 전엔 솔방울 개수를 세어 본다

　소나무 숲길에서 매일 하나씩 주워 온 솔방울이 스
무 개가 되었다
　돌아갈 날을 헤아린다

　나의 집은 멀고 가깝다

사라진 열쇠

긴 복도를 걸어간다

복도는 조용하다
매미 울음 뒤의 이상한 정적처럼

내 손엔 얼음처럼 차가운 열쇠가 하나 들려 있다

열쇠가 발하는 투명한 빛을 따라 복도를 걸어간다

표정이 없는 문들을 둘러본다

어디일까?
나의 방은

문 하나가 열린다
젊은 남자가 종이 뭉치와 빨래 바구니를 들고 나
온다
둥근 티타늄 테 안경에 검은 캡을 쓴 남자는 복도를

돌아 사라진다

나의 방을 찾아
긴 복도를 걷는 동안

얼음 같던 열쇠는 손바닥에서 녹아 버렸다

열쇠가 사라졌어
손이 투명해졌어

피아노를 치듯 열 손가락을 움직이자
복도에 걸린 그림 속 자작나무 숲이 술렁거린다
알 수 없는 바람이 몸을 뚫고 지나간다

그림 옆 방문 하나가 스르르 열린다

책상 위에 스탠드가 켜져 있다
불빛 아래

내 오렌지색 숄이 의자에 걸쳐져 있다

이곳이 마음에 든다

비로소 보이는 겨울

성현아(문학평론가)

비유는 이미지로부터 의미로 나아가지 않는다.
그것은 이미지로부터 어떤 투시로 나아가는 것이다.[1]

안온한 햇볕이 데우는 소소한 나날과 잊히지 않고 오
래도록 멜로디로 맴도는 어린 날의 새들한 기억, 생기를
뿜으며 약동하는 사물과 환한 밤에만 밝아 오는 마음
의 사금파리들. 백숙현은 평범해 보이는 일상을 몹시도
소중한 비밀처럼 아껴 적는다. 그는 두부와 청국장을 사
러 마트에 가고(「언덕 너머 마트에 가는 길」), 국수를 먹
고(「네 얼굴이 생각나지 않아」), 영화를 보고(「태풍이 지
나가고」), 이를 닦고(「한밤의 초코케이크」) 고양이와 공
놀이를 하는(「아침에는 고양이 세수를 해요」) 보통날들
에 눈길을 주고 언어를 입힌다.

시인이 아끼는 순간을 속삭이듯 꺼내어 놓자 한 권의
시집은 비밀을 털어놓고 진흙으로 봉해 둔 전설 속의 나
무가 되어 간다.[2] 함부로 말해지지 않기에 귀히 여겨야

---

1 장-뤽 낭시, 『나를 만지지 마라』, 이만형·정과리 역, 문학과지성사, 2015,
14쪽.

2 영화 〈화양연화〉(2000)에 등장하는 이야기에 따르면, 옛사람들은 비밀
이 생기면 나무에 구멍을 내고 털어놓은 후, 진흙으로 막아 두었다고 한다.

할 무엇이 되어 가는 생生의 기록은 한 그루의 나무를 더욱 두터이 자라게 한다. 백숙현은 자신이 기른 한 나무를 지켜내는 일에만 몰두하지 않는다. 그 옆에 나란히 선 나무들에도 다정한 시선을 건넨다. 촘촘히 모여 숲을 이룬, 여러 존재가 각자의 생을 담아낸 "나무를 읽으러"(「겨울나무」) 그는 부지런히 돌아다닌다. 자신의 이야기를 그러모아 담아내는 일을 소중히 했듯, 타자의 이야기 또한 같은 비중으로 대하며 "내가 읽어야 할"(「겨울나무」), 다 이해하지 못하더라도 오롯이 느끼고 곁에 머물러 주어야 할 서사로 간주한다.

이리 와, 어서 와
첫 향기를 네게 줄게

나를 부르는 앞산 아카시아 숲에 들어선다

수풀에 감기는 내 발
머리카락 속으로 손을 넣는 나뭇가지들

뻐꾸기는 멀어진다
신발이 젖는다
안 보이던 것들이 보인다

바위틈, 나무옹이, 나뭇잎 뒷면에 누군가 수없이 지어
놓은 작고 작은 방들

돋아난다
위험한 것들이

내일은 자라날까 사라질까

—「숲의 얼굴」 부분

"숲"으로 들어서는 '나'는 "숲"이 나를 불렀다고 서술
한다. 숲으로 걸음을 옮긴 주체는 '나'이므로, 이 선택에
는 화자의 자발적인 의지가 포함되어 있겠지만, 화자가
결정적으로 숲에 진입하게 된 계기는 "이리 와, 어서 와/
첫 향기를 네게 줄게"라는 숲의 요청이다. 그렇다면 '나'
는 숲의 부름을 들을 수 있는, 사람의 언어가 아닌 언어
또한 수용할 수 있는 열린 자이므로, 화자가 숲에 진입
하는 것은 필연적인 일이다.

"숲"에 이끌린 '나'는 "안 보이던 것들"이 보이게 되는
경험을 한다. 그가 보게 된 것은 "바위틈, 나무옹이, 나
뭇잎 뒷면에 누군가 수없이 지어 놓은 작고 작은 방들"
인데, 이는 통상 '여백'으로 치부되는 곳으로, 대다수가

구태여 들여다보지 않는 곳이다. 비가시화되었던 자리들은 화자의 눈앞에 모습을 드러내고, 이에 따라 '나'는 그곳으로부터 무언가 "돋아난다"는 사실까지 목격하게 된다. 그 "위험한 것들"이 무엇이 될지 가늠할 수 없기에, 더욱 자라날지 사라지고 말지는 이를 발견한 '나'조차 예견할 수 없다. 다만 시인은 그 잠재태 그대로를 바라보게 한다. 어떤 존재가 지닌 잠재력을 꿰뚫어 본다는 것은 살아온 자취로서의 '내력來歷'과 타자가 다 알 수 없는 모종의 시련들을 견디어내는 힘으로서의 '내력耐力', 그리고 앞으로 발휘될 잠재적인 '내력內力'을 모두 읽어내는 일이다. 백숙현의 시는 읽는 이들로 하여금 이 섬세한 투시에 동참하도록 만든다.

봉지에서 떨어진 사과가 굴러간다
창가에서 멈춘다

사과는 창문을 뛰어넘고 싶었을까?

사과의 그림자를 본다

사과를 먹으면
그림자도 함께 먹는 것

(중략)

구름을 바라보며 시간을 보낸다
구름을 공부하면 더 좋은 생활을 하게 될 것 같아서

구름이 모양을 바꾸며 천천히 흘러가는 것을 본다
구름의 마음이 될 때까지

구름 한 점 없는 날엔 하늘을 보지 않는다

—「구름을 공부하면」 부분

"봉지에서 떨어진 사과"를 관찰하는 화자는 "사과"의 굴러감과 멈춤을 본다. 흔히 경험해 보았을 법한 일(사과를 떨어뜨린 일)을 그는 "창가에서 멈춘" 사과의 입장에서 새로이 사유한다. 사물의 시각에서 세상을 바라보려는 시도는 흔하다. 그러나 사물의 관점에 완전히 동화되었음을 강조하며 인간 중심적 사고에서 벗어났음을 자부해 보는 방식으로 시를 전개하지 않고, 아무렇지 않게 다시 사람의 시선으로 돌아와 "사과의 그림자"를 본다는 점에서 백숙현의 응시는 차별화된다. 시인은 사과의 관점을 어림해 봄으로써, 통상적으로 해 왔던 인간의 행위를 다르게 바라볼 여지를 얻어낸다. 그는 "사과를 먹"는다는 것은 사과의 "그림자도 함께 먹는" 행위임을 깨닫는다. 사과를 통과하지 못한 빛에 의해 만들어진 그늘일 "사과의 그림자"를 사과가 늘어뜨린 어둠이자 사과의 이면으로 사유해 보는 것이다.

이처럼 백숙현은 상상력을 발휘하고 현실을 비틀어 보려 하되, 현실을 초월하려는 의지는 보이지 않는다. 비인간의 관점으로 나아가다가도 결국 '나'로 되돌아오게 되는 사람의 한계를 과도하게 비참해하지도 않는다. 그저 잠시 틈입하는 이질적인 시각으로 찰나를 살필 뿐이다. 그 체험으로 자신만의 철학을 완성하려 들지도 않는다. 다만 "사과"가 보았을 창밖의 풍경을 좀 더 엿보려는 듯이, "구름을 바라보며 시간을 보낸다". 그리고 그것을 "공부"하기까지 한다. 그가 익히려는 것은 구름이 만들어지는 과학적이고 이성적인 원리가 아니다. 그저 "모양을 바꾸며 천천히 흘러가는" 구름을 눈으로 좇으며, "구름의 마음"과 그것을 바라보다 "창문을 뛰어넘고 싶었"을 사과의 심정을 가늠해 본다.

> 고요하고 서늘한 호수가 내 옆에 와 걷는다
> 방죽의 쇠뜨기풀을 구름이 담고 지나간다
>
> 날개 숨긴 돌멩이를 찾아 손에 쥔다

물수제비뜬 돌이 내일로 날아간다
돌멩이가 날개를 펼친 흔적이 물 표면에 나타났다 사
라진다

물가의 버드나무들이 머리를 풀고 물속으로 들어간
다
어두운 파랑이 온다

풀린 운동화 끈을 묶으려 고개를 숙인다
어둑어둑 돌멩이 속에 잠긴다

저 돌멩이들 가라앉아 무엇이 될까

호수 바닥을 구르다
물결에 떠밀려 가 기슭에서 반짝일까

부서지는 돌멩이
날아가는 돌멩이가 될까

빗방울이 떨어진다
어깨가 젖는다
돌멩이가 노래를 부른다

—「돌멩이의 노래」 부분

'나'는 "호수가"의 "돌멩이"를 손에 쥐고 "물수제비"를 뜬다. 특별할 것도 놀랄 것도 없는 이 행위는 다르게 보는 '나'로 인해 돌멩이의 비상으로 변환된다. '나'가 찾아낸 돌멩이는 "날개 숨긴 돌멩이"이며, 이는 "내일"이라는 아직 살아내지 않은, 그러므로 유한성에 묶인 '나'는 당도할 수 없는 시간으로 "날아간다". 날개의 실물을 확인할 수는 없지만, 화자는 "물 표면"에 어리는 물결 모양이 "돌멩이"가 "날개를 펼친 흔적"임을 알아챈다. 잠시나마 호수에서 날개를 퍼덕인 돌멩이는 "가라앉"게 되는데, 이때에도 화자는 "무엇이 될까" 궁금해하며, 돌멩이의 무한한 가능성을 생각한다. "물결에 떠밀려 가 기슭에서 반짝일까", 아니면 "부서지는 돌멩이" 혹은 "날아가는 돌멩이가 될까" 여러 경우의 수를 고민해 보던 '나'는 종내에는 돌멩이가 부르는 "노래"를 듣게 된다.

이러한 백숙현의 시적 상상력은 신유물론과 조응하기도 한다. 그러나 그러한 이론을 끌어와 해석하려는 순간 그의 시는 시시하고 사소한 시가 되어 버린다. 신유물론으로 대표되는 인간중심주의에 대한 반성의 움직임은 자연―인간을 분리하는 이원론적 세계관을 이어 왔던 서양 철학의 관점에서는 새로운 사고로의 나아감일지 모르나, 조화를 우선시하는 일원론에 뿌리내리고 있던 동양 철학의 관점에서는 오히려 우리가 익히 알아 왔던, 인간을 중심에 두지 않는 관계 지향적인 사고로 되돌아가자는 권유에 가까워 보인다. 그렇다면 신유물론을 수용하는 일은(물론 이론가마다 주장이 상이하지만, 본질적인 문제의식인 '인간중심주의로부터의 탈피'에 주목한다면) 누군가에게는 새로운 사상을 배워 채워 나가는 과정이겠지만, 동양의 사고관에서 출발하면 무엇도 덧씌워지지 않았던 때의 관점을 회복하기 위해 비워 내는 과정에 가깝다. 물론 동서양에 대한 이러한 도식적인 구분 또한 이항 대립적인 구도를 답습한다는 비판에서 자유로울 수 없고, 과거의 시각으로 복귀할 것을 권유하는 다소 무책임해 보이는 주장으로 내비칠 수 있다는 것을 안다. 다만 이러한 범박한 범주화로나마 강조하고 싶은 것은 백숙현의 시가 현재 유의미하다고 평가되어 각광받는 이론에 근거하고 있다기보다 오히려 오랜 시간 공유해 온 관계 지향적인 사유이자 살아오며 자연스레 체득한 '연결되어 있다는 감각'에서 시작하고 있다는 점이다.

그러므로 백숙현의 시는 언뜻 생활 밀착형 시처럼 보이기도 한다. 실로, 앞서 언급했듯 그의 시에는 커피를 마시거나 고양이를 쓰다듬는 등의 일상적인 행위가 빈번하게 등장한다. 하지만, 백숙현의 시는 반복되는 지루한 일상을 단순히 모방하지 않는다. 일상과 일상 아닌

경계에 놓여 있는 존재와 그 존재가 지닌 잠재력을 발견해내고, 읽는 이들도 따라 이를 살필 수 있게 만든다. 그런데 백숙현은 어떻게 보이지 않던 것들이 보이는 경험을 하는 것일까? 나아가 어떤 방식으로, 이 체험에 독자들도 참여할 수 있도록 만드는 것일까?

장-뤽 낭시는 예수가 비유를 활용하는 방식을 통해 비유의 작동 원리를 설명한다. 성경에 자주 등장하는 "보아도 보지 못하는 자들"이라는 구절은 볼 수 있는 모든 것에 앞서는 '봄la vue'을 제 안에 받아들인 이에게만 볼 수 있는 것이 주어진다는 사실을 의미한다.[3] 이는 소수만이 선택받는다는 특권의식을 옹호하는 논리가 아니다. 보지 못하는 이들에게 비유가 봄의 기회를 제공하는 게 아니라, 반대로 감각기관을 갖추어 봄을 수용한 자가 비유를 통해 진정한 봄을 경험하게 된다는 말이다. 그러므로 비유는 원래 지칭하려는 의미나 실재 형상을 모방하는 차원에 머물지 않는다. 비유란 오히려 "이미지가 보는 능력과 맺는 관계 속에" 있으므로, 이는 '모방imitation'이 아니라 참여participation와 침투'에 가깝다.[4] 그렇다면 비유는 어떠한 형상을 더욱 잘 볼 수 있도록 돕는 게 아니라 "형상 이상의 것"[5]을 보게 하는 능력을 주는 것이다.

---

3 장-뤽 낭시, 위의 책, 14쪽.

4 같은 책, 16쪽.

5 같은 책, 16쪽.

백숙현은 보이지 않던 존재들이 드러나는 순간을 지켜보는 자다. 그러므로 그가 이 시집에 늘어놓는 이미지는 우리가 본 적 있는 흔히 아는 일상의 소재들을 경유한 것임에도, 우리가 본 적 없는 것들이다. 독자들에게도 '비천하고도 거룩한, 그 모순적인 생활의 양면'(「너와 나 사이에 물방울이」)을 모두 볼 수 있게 만든다는 것, 그것이 바로 백숙현의 시가 가진 힘이다.

그는 마태수난곡을 들으며 글을 썼다

그날은 내게 쪽동백나무 언덕에 가 보자 했다
찔레가 한창이라 했다

수풀 우거진 가파른 길
언덕에 이르자 진한 풀내가 났다
오전에 누군가 와서 벌초 작업을 한 모양새였다

숲에 가려 마을이 보이지 않았다
사방이 고요했다

찔레꽃 향과 풀내가 진동했다

쓰러진 나무가 있었다
쓰러진 나무 위에 말없이 앉아 있었다
그는 그의 손가락보다 더 가느다란 담배를 피웠다

진한 풀 냄새 속에서
애도하듯

육수를 내려고 한 덩이 쇠고기를 만질 때
생선 아가미에 고인 피를 씻어낼 때
손에 묻는 피

손에 피를 묻히고 살아왔다

오늘은 싱싱한 풀내가
피비린내인 것만 같아

나의 향유는 누군가의 고통 후에 온 것만 같아

이후로 어딘가를 지나다 벌초 뒤의 풀내가 끼쳐 오면
그 언덕의 오후와 함께 마태수난곡이 들려온다

책상을 놓아두고 담요를 간 방바닥에 엎드려 글을 썼던

창백한 얼굴이 생각난다

　　　　　　　　　　　　　　　　—「마태수난곡」 전문

　　마태복음에 기록된 예수의 수난을 다룬 음악 "마태
수난곡"을 들으며 글을 쓰는 "그"를 따라 '나'는 "쪽동백
나무 언덕"에 가게 된다. "마을이 보이지 않"는 고요한
숲속에서 '나'에게 오는 감각은 오직 "찔레꽃 향과 풀내"
라는 후각뿐이다. 그 냄새를 맡으며, '나'는 "쓰러진 나
무"와 그 위에 앉은 "그"를 보게 된다. 기진한 나무의 형
상과 "책상을 놓아두고 담요를 깐 방바닥에 엎드려 글
을" 쓰곤 하던 "창백한 얼굴"의 소유자인 그를 겹쳐 보
며, '나'는 수난을 당하다 쓰러지는 존재들의 비극적인
감각을 받아들이게 된다. 가는 손가락보다 "더 가느다
란 담배"를 피우는, 연기와 함께 사라질 듯 위태로운 '그'
를 들여다보는 '나'는 비로소 "진한 풀 냄새"를 다르게
느낀다. 그 안에 짙게 밴 "애도"의 향을 맡을 수 있게 되
자 '나'는 "육수를 내려고 한 덩이 쇠고기를 만"지거나
"생선 아가미에 고인 피를 씻어"내던 때 '나'의 손에 묻
어나던 "피"를 떠올린다. 비로소 '나'는 자신이 "손에 피
를 묻히고 살아왔"음을, 평범하게 요리하고 맛있는 음식
을 나누어 먹는 삶이란 결국 누군가를 "고통"스럽게 만
들며 지속되는 것이었음을 깨닫는다. 그러자 "싱싱한 풀

174

내"가 은밀히 뿜어내는 "피비린내"를 감지하게 된다. 이러한 경험을 한 이후로 '나'는 어디를 지나든 "풀내"가 풍겨 올 때면 "마태수난곡"을 들을 수 있는 사람으로 거듭난다. 시인은 진정 받아들이고자 하는 자세를 품을 때만 드러나는 숨은 감각들이 있음을, 진한 풀내를 풍기며 전한다. 이를 맡게 되어 "너와 나의 예술"(「너와 나 사이에 물방울이」)에 기꺼이 함께하려는 이가 있어 주리라 믿으며.

백숙현의 비유는 참혹한 현실을 그대로 되비추지도, 그와는 다른 만족스러운 비현실을 가공해내지도 않는다. 다만 일상의 이미지들을 비틀어 엮어, 현실에 뿌리를 내리고서도 현실 바깥에서 손짓하는 존재의 실루엣을 보고 느끼고 맡고 들을 수 있게 한다. 그렇기에 "희미한 온기마저 사라지고" "세상의 빛이 사그라"(「커밍 쑨」)드는 절망적인 세상에서도 범사에 경탄하고 기뻐하는 일이 감히 가능한 것이 아닐까. 고통이 넘쳐날 때도, 고통이 사라진 평안한 세계로 발돋움해 보는 희망적인 미래까지 목도할 수 있기 때문에.

겨울을 기다리는 족속이 있다
눈과 얼음을 숭배하는 족속이 있다

세상의 지붕이 온통 하얗게 될 때
강이 투명하게 얼어붙을 때
극치의 아름다움을 느끼는 그 족속은

차가운 공기를 통해 겨울의 피가 수혈된다
어지러움이 사라지고 생기가 돈다

고드름을 먹고
눈꽃 빙수를 먹고
얼음 위를 달리고

눈사람이 되어

눈사람을 만든다

눈사람이 감쪽같이 사라져도
슬프지 않아

신기루처럼

하얗게 휘날린다

눈사람은 가야 할 곳이 있으니까

조용히 눈사람이 있던 자리를 바라본다

눈사람처럼 사라진 날들을 이해할 수 있다
눈사람처럼 사라질 나를 꿈꿀 수 있다

다른 계절에
나는 가끔 실종된다

겨울마다 다시 태어나
신기루처럼

하얗게 휘날린다
　　　　　　　　　　　　　　　—「겨울의 기쁨」 전문

　'나'는 "눈사람이 감쪽같이 사라져도" 눈사람의 사정
을 헤아리는 자다. "눈사람은 가야 할 곳이 있으니까"라
며, 눈사람의 떠나감을 이해하고 받아들인다. 그러고서
는 "눈사람이 있던 자리", 그가 부재하므로 비어 버렸으
나 여전히 그가 존재했음을 기억하게 하는 공간을 조용
히 바라본다. 이때의 응시 역시 보이지 않지만 볼 수 있

고 보고 싶은 것들을 들여다보는 투시에 가깝다. 눈사람의 증발과 더불어 '나'는 "눈사람처럼 사라진 날들" 또한 "이해할 수 있다"고 선언한다. 누군가가 떠나가자 텅비어 버린 시간과 공간을 애써 부정하지 않고 그 자리에 다시금 들어설 무엇들을 겹쳐 보게 되자, "눈사람처럼 사라질 나를 꿈꿀 수 있"게 된다. '나'의 사라짐이자 "실종"이 비통해해야 할 비극적인 사건이 아니라 "겨울마다 다시 태어나"게 해 주는 해방의 절차임을 깨닫는 것이다. 그리하여 '나'는 겨울을 이루는 "눈과 얼음"에 "극치의 아름다움을 느끼"며 겨울을 고대하는 "족속"이 되어 "하얗게 휘날"린다. 뭉쳐진 눈들로 "눈사람"이 되었다가도, "신기루"처럼 종적을 지우며 날아올라 자유로운 존재로 거듭나기를 반복한다.

"던져 버릴 게 너무 많"은 나인 채로도 "연기"처럼 날아가고 사라질 수 있으며, 종내에는 새로운 무엇으로 태어나 웃어 보일 수 있다.(「귤이 웃는다」) 내가 나임을 잊지 않는 선에서 내 안의 무한한 가능성까지 발견해 보는 셈이다. 소중한 이들에게로 되돌아오되, 이에 완전히 얽매이지는 않을 수 있다. 현재의 고통을 외면하지 않으면서도 그 위로, 고통이 사라진 광경을 포갤 수 있다. 이 역설이 바로 시인이 제목 삼고 있는 '겨울의 기쁨'일 테다.

그러므로 기쁨을 함께 누릴 이들은 이런 자들이겠다.

봄을 느끼고 받아들이려는 자, 들려오는 것들에 귀 기울이는 자, 타자의 삶이 길러낸 질감을 기민하게 읽어내려는 자, 그런 자들은 자연스레 백숙현이 보고 느끼고 나누려 했던 새로운 계절이자 공공연한 비밀인 겨울을 마주하게 될 것이다.

겨울의 기쁨

2023년 12월 15일 1판 1쇄 펴냄

지은이   백숙현

펴낸이   김성규

편집   김안녕 한도연 강서영

디자인   신아영

펴낸곳   걷는사람

주소   서울 마포구 월드컵로16길 51 서교자이빌 304호

전화   02 323 2602

팩스   02 323 2603

등록   2016년 11월 18일 제25100-2016-000083호

ISBN 979-11-93412-19-0 04810

ISBN 979-11-89128-01-2 (세트)

* 이 책은 강원 강원특별자치도, 강원문화재단의 '2023년도 강원문화
  예술지원사업'의 지원을 받아 출간하였습니다.